LE
CHANSONNIER
DU VILLAGE,

PAR

R. BASSIN, cultivateur.

.... Quand mille oiseaux gazouillent dans les bois,
À leurs tendres accords je mêle aussi ma voix;
Je tends ma faible lyre, et comme eux, tour à tour,
Je chante le printemps, la nature et l'amour.

A CLERMONT,

Chez DUCHIER, Libraire, rue St-Esprit, n° 35.

ON TROUVE DANS LA MÊME LIBRAIRIE,

Les Chansons de Bathol, maréchal-ferrant,
L'Almanach chantant de l'Auvergne,
Et les livres patois de Ravel.

1855.

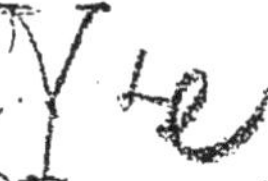

LE
CHANSONNIER
DU VILLAGE.

LE
CHANSONNIER
DU VILLAGE,

PAR

R. BASSIN, cultivateur.

.... Quand mille oiseaux gazouillent dans les bois,
A leurs tendres accords je mêle aussi ma voix;
Je tends ma faible lyre, et comme eux, tour à tour,
Je chante le printemps, la nature et l'amour.

A CLERMONT,

Chez DUCHIER, Libraire, rue St-Esprit, n° 35.

ON TROUVE DANS LA MÊME LIBRAIRIE,

Les Chansons de Bathol, maréchal-ferrant,
L'ALMANACH CHANTANT de l'Auvergne,
Et les livres patois de Ravel.

1855.

LE
CHANSONNIER
DU VILLAGE.

AU LECTEUR.

Bonjour, mon cher lecteur ; pour la première fois,
Je viens te saluer en t'adressant ma voix.
Si j'ose en ce moment t'accoster sans façons,
C'est pour te dédier une de mes chansons.
   Sur l'air du tra, la, la, la, etc.

Le faible chansonnier que je mets sous tes yeux,
Lecteur, n'est qu'un ouvrage incomplet, vicieux.
Mille petits défauts fourmillent dans mes vers,
Et souvent le bon sens y marche de travers,
   Sur l'air du tra, la, la, la, etc.

Mais la muse parfois sourit avec douceur
A l'ouvrier des champs, à l'humble laboureur,
Et dès qu'on a senti le feu de son regard,
On chante bien ou mal, on rimaille au hasard,
   Sur l'air du tra, la, la, la, etc.

Pour moi, quand mille oiseaux gazouillent dans les bois,
A leurs tendres accords je mêle aussi ma voix ;
Je tends ma faible lyre, et comme eux, tour à tour,
Je chante le printemps, la nature et l'amour,
   Sur l'air du tra, la, la, la, etc.

Au Dieu de l'hyménée offrant souvent des vœux,
J'ai chanté la douceur de ses aimables nœuds ;
Et, si je dois toucher au rôle d'un flatteur,
Il me reste à chanter mon bienveillant lecteur,
Sur l'air du tra, la, la, la, etc.

LA BERGÈRE.

Air *de la Tartane.*

Viens, entre dans ma chaumière,
Jeune fille aux amours ;
Tu seras ma bergère,
Je t'aimerai toujours *(bis).*
Nous irons chaque jour danser sur la prairie,
Apprendre des chansons, garder nos blancs troupeaux ;
Nous irons folâtrer sur la rive fleurie,
Nous irons nous bercer à l'ombre des ormeaux.
Viens, etc.

Tous les deux, dans les bois, nous cueillerons la faîne ;
Des arbres les plus hauts j'atteindrai le sommet ;
Si parfois l'ouragan contre nous se déchaîne,
Nous irons nous cacher aux grottes du bosquet.
Viens, etc.

O belle ! viens enfin combler mon espérance,
Viens contracter des nœuds qui feront mon bonheur ;
Viens goûter dans mes bras l'amour et l'innocence :
A ce grand univers je préfère ton cœur !
Viens, etc.

Le Printemps.

Air : *Quand tout renaît à l'espérance.*

Déjà l'hirondelle légère
Voltige autour de nos maisons ;
Déjà le pâtre et sa bergère
Vont folâtrer sur les gazons.
L'oiseau dans le sein du bocage
Fait vibrer des sons éclatants ;
Animé par son doux langage,
Je viens chanter le retour du printemps.

La villageoise réjouie
Chante et travaille au coin du bois,
Et sur la pervenche fleurie
Les enfants dorment à sa voix.
La pie à faire un nid commence
Au sommet des arbres flottants ;
Le zéphir embaumé s'avance
Pour annoncer le retour du printemps.

Chaque jour on voit dans la plaine
Le vigilant cultivateur
Contempler le fruit de sa peine
Avec espérance et bonheur.
Son jeune fils et son vieux père,
Près de lui sont joyeux, contents,
Car un avenir plus prospère
Semble s'ouvrir au retour du printemps.

Bientôt la musique bruyante
Retentira dans nos hameaux ;
La fête sonore et brillante
Viendra suspendre nos travaux.
Sur un long tapis de verdure
Nous passerons d'heureux instants,
Nous célébrerons la nature,
La paix, l'amour, la France et le printemps.

LA FÊTE.

Air : *Un sous-lieutenant.*

Entendez-vous les flûtes, les musettes,
Et les tireurs, poussant de joyeux cris ?
Tenez-vous prêts, jeunes gens et fillettes,
C'est aujourd'hui la fête du pays.
    Réjouissons-nous,
    Chantons et faisons les fous ;
    Toujours la folie
    Est le charme de la vie.

N'oubliez pas vos pompeuses toilettes,
Rangez ces plis sur vos fronts radieux ;
Ayez des fleurs, des rubans sur vos têtes,
L'amour au cœur, la grâce dans les yeux.
    Réjouissons-nous, etc.

Venez gaîment sous le riant feuillage,
Valser avec un jeune et beau danseur ;
Venez goûter les plaisirs du bel âge,
Venez jouir d'un instant de bonheur.
    Réjouissons-nous, etc.

Quoi ! vous tremblez ?... Serait-ce de faiblesse ?
Non ! j'ai compris : c'est un frisson d'amour ;
C'est un élan de bonheur et d'ivresse ;
Ah ! venez donc célébrer ce beau jour !
    Réjouissons-nous, etc.

Vous, jeunes gens, ne soyez pas volages,
Rappelez-vous toujours d'une faveur ;
Et vous aussi, fillettes, soyez sages,
Un seul amant doit avoir votre cœur.
    Réjouissons-nous, etc.

RÊVE.

S'il est permis dans cette vie
D'avouer ce qu'on peut aimer,
Et de désirer, sans envie,
Les biens qui savent nous charmer,
Pour moi, dans la riche campagne,
Je voudrais faire mon séjour
Avec une douce compagne
Qui me rendît tout mon amour.

Près de ma maisonnette blanche,
S'élèveraient de grands ormeaux,
Où je verrais chaque dimanche
Les jeux, les danses des hameaux.
Mes modestes appartenances
Vers un ruisseau s'arrêteraient,
Et mes désirs, mes espérances
Jamais ne le dépasseraient.

Mes troupeaux, nombreux et tranquilles,
Traîneraient leurs blanches toisons
A l'ombre des vergers fertiles,
Où croîtraient les fruits des saisons.
Je verrais aussi l'abondance
Couvrir mes sillons fructueux ;
Je pourrais vivre dans l'aisance,
Et soulager les malheureux.

Un jardin formerait l'allée
De ma maison jusqu'au ruisseau ;
Les oiseaux prendraient leur volée
Dans ce lieu qui fut leur berceau.
Ils quitteraient pour mon bocage,
Tous les bocages d'alentour ;
Jamais le fusil ni la cage
N'y troubleraient leurs chants d'amour.

Quand sur les ormes et les frênes
Brilleraient les rayons du soir,
Entre des fleurs et des fontaines,
Ma compagne viendrait s'asseoir ;
Et nos enfants, près de leur mère,
S'amuseraient avec candeur,
Et ce petit coin de la terre
Serait l'asile du bonheur.

. . . .
. . . .
. . . .
. . . .
. . . .
. . . .
. . . .
. . . .

Ce que j'aime.

Air : *Je t'aimerai, je te serai fidèle.*

J'aime les bois, les prés et la verdure,
Les doux zéphirs, le feuillage naissant ;
J'aime les fleurs, le bruit de l'onde pure,
Et le bateau sur la vague glissant.
Mais mon cœur bat, pourquoi ? Parce qu'il aime
Quelque autre objet que je n'ai pas nommé.
Qu'aimé-je donc au-dessus de moi-même ? } *bis*
Il faut chercher tout ce qui m'a charmé.

J'aime surtout le gazon, la prairie,
Et le bocage, où chantent les oiseaux ;
J'aime l'écho, le soir, la rêverie ;
J'aime l'azur et le vert des coteaux.

Mais mon cœur bat, pourquoi? Parce qu'il aime
Quelque autre objet que je n'ai pas nommé.
Qu'aimé-je donc au-dessus de moi-même? } *bis*
Cherchons encor tout ce qui m'a charmé.

Ah! j'aime aussi la fontaine à l'eau claire,
Le grand tilleul aux branchages épais;
J'aime la nuit, et l'ombre et le mystère,
Les longs détours sous les bocages frais.
Mais mon cœur bat, pourquoi? Parce qu'il aime
Quelque autreo bjet que je n'ai pas nommé.
Qu'aimé-je donc au-dessus de moi-même? } *bis*
Cherchons toujours tout ce qui m'a charmé.

Mais c'est donc toi, ma charmante Sylvie?
Oui, c'est bien toi que je n'osais nommer,
Toi, mon amour, mon trésor et ma vie,
Toi qu'on ne peut se défendre d'aimer.
Oui, mon cœur bat, mais c'est parce qu'il t'aime!
Ah! cette fois, je me sens désarmé;
C'est toi que j'aime au-dessus de moi-même, } *bis*
C'est toi, c'est toi qui toujours m'as charmé.

UN BEAU MATIN.

Air : *Combien j'ai douce souvenance.*

Tout est riant, et la nature
Animant chaque créature,
Lui parle avec une douceur
Si pure,
Qu'on sent un frisson de bonheur
Au cœur.

L'astre du jour s'élève et brille
Sur la campagne qui pétille,
Et le coteau devient joyeux,
Fertile,
Sous la douce ardeur de ses feux
Pompeux.

Voyez l'alouette éveillée,
Monter vers la voûte azurée,
En tir-lyr-ly-rant sa chanson
Si gaie,
Puis retomber sur le vallon
D'un bond.

Voyez la fillette joyeuse,
Arracher l'herbe infructueuse ;
Elle chante et devient parfois
    Rêveuse,
Car un Dieu suspend quelquefois
    Sa voix.

Le ruisseau reflète l'image
Des arbres et de leur feuillage ;
La bergère y venant chercher
    L'ombrage ,
Y trouve souvent son berger
    Léger.

Partout ce n'est qu'espoir, tendresse,
Joyeux transports, vive allégresse.
L'âme s'inonde tour à tour
    D'ivresse,
Et le printemps n'est qu'un long jour
    D'amour.

Les bois, le ruisseau, la colline,
Les monts où le soleil s'incline,
Font monter vers le Créateur
    Un hymne ;
Cet hymne remplit de bonheur
    Mon cœur.

La Fenaison.

Il fait beau temps, et dans la prairie
    Les villageois
    Sont tous à la fois.
La faux résonne, et l'herbe flétrie
    Sous mille bras
    Se ramasse en tas.
    Lucas, sans peine,
    Gaîment promène
La fourche d'ormeau ,
    Et sa Rosette,
    Blonde et follette,
Traîne un long râteau.

Mais tout-à-coup s'élève l'orage ;
    De grands éclairs
    Sillonnent les airs :

Et sous un tas Lucas se ménage,
Un sûr abri
Pour Rose et pour lui.
Par une botte
L'étroite grotte
Se ferme avec soin ;
De bonne grâce
Ils prennent place
Dans le petit coin.

La foudre éclate, et l'eau tombe à verse,
Car saint Médard
Y prenait sa part.
Sous le torrent chacun se disperse ;
Rose et Lucas
En rient aux éclats.
Pour eux, l'ondée
S'est écoulée
En d'heureux moments,
Et la tempête
N'est qu'une fête
Pour les deux amants.

Pour transformer les maux de la vie
En des instants
Joyeux et constants,
Comme Lucas, au sein d'une amie,
Il faut toujours
Chercher du secours.
L'amour intime
Qui vous anime
Vous fait dans tous lieux
Trouver l'ivresse
Et la tendresse
Qui rendent heureux.

LA PRIÈRE DU VIEILLARD.

Air : *Muse des bois.*

Tout reposait au sein de la nature ;
L'ombre et le calme entouraient les hameaux.
Sous un vieux tronc couronné de verdure,
Un bon vieillard s'exprimait en ces mots :
O toi, qui fais sur cette voûte immense,
Briller ces feux qui marquent ta splendeur,
Etre puissant ! au milieu du silence,
Je viens bénir, adorer ta grandeur.

Du trône saint qu'environnent les anges,
En recevant tes ordres éternels,
Daigne, Seigneur, écouter les louanges
Que d'ici-bas t'adressent les mortels.
L'homme, grand Dieu ! de tes mains est l'ouvrage,
Et tous tes biens pour lui sont rassemblés ;
Reçois toujours nos vœux et notre hommage
Pour les bienfaits dont tu nous as comblés.

C'est ta bonté qui couvre nos campagnes
De fruits, de fleurs, d'abondantes moissons ;
C'est ta bonté qui fait sur nos montagnes,
Croître les bois, les troupeaux, les gazons.
Et quand s'éteint notre faible existence,
Les cieux, Seigneur, sont le temple sacré
Où ton amour devient la récompense
De l'homme pur qui te fut consacré.

Je sens déjà se voiler ma paupière !
La faux du Temps moissonne mes cheveux ;
Je touche au bord de ma longue carrière ;
Bientôt j'irai rejoindre mes aïeux.
Je te rends grâce, ô Sagesse infinie !
De me laisser préparer mon tombeau
Aux mêmes lieux où j'ai coulé ma vie,
Aux mêmes lieux qui furent mon berceau.

Mais en quittant ce séjour temporaire,
J'y laisserai des êtres que j'aimais ;
Alors, Seigneur, toi seul seras leur père !...
Mon Dieu ! mon Dieu ! ne les quitte jamais !
Et le vieilllard a regagné son chaume
En bénissant toujours le Créateur.
Sa voix, de loin, m'arrivait comme un baume,
Qui soulageait les besoins de mon cœur.

Les Moissons.

Voyez dans les riches vallons
Blanchir le trésor des moissons.
   Bon cultivateur,
   L'espoir et le bonheur
   Inondent votre cœur.
   Venez, venez enfin,
   Venez cueillir le grain
   Qu'a semé votre main.

Bon, bon, j'entends rouler les chars
Qui nous viennent de toutes parts.
    Bravant les chaleurs,
    Les nombreux moissonneurs,
    Les bouviers, les glaneurs,
    Dans les champs découverts,
    Font retentir les airs
    De leurs joyeux concerts.

Chantez, chantez, bons villageois,
Cérès entendra votre voix.
    Les granges vont s'emplir
    Et chacun va jouir
    D'un riant avenir.
    Oh! non, non, plus d'ennui,
    Plus de crainte aujourd'hui,
    Car la misère a fui.

Et vous surtout, jeunes amants,
Bannissez vos derniers tourments.
    Après la moisson
    Viendra d'occasion
    Votre heureuse union.
    Les hameaux d'alentour
    Viendront voir ce beau jour
    De bonheur et d'amour.

LA GLANEUSE.

    Assise sur les herbes,
Une enfant du malheur,
Devant un champ de gerbes,
Epanchait sa douleur.
Sa voix, douce et plaintive,
Comme un écho lointain,
Aux moissonneurs arrive
En chantant ce refrain :
Pour la pauvre glaneuse,
Souffrante et malheureuse,
Laissez quelques épis. *(bis)*

    Sur un lit de souffrance,
Ma pauvre mère, hélas!
Pour moyens d'existence,
N'a que mon faible bras.

Lorsqu'en vain je m'empresse
De calmer son malheur,
Quand je vois sa détresse
Je sens briser mon cœur.
    Pour etc.

Oh ! si j'avais un père
Pour nous gagner du pain,
Comme je serais fière
De n'avoir jamais faim !
Mais de ma destinée
Je subis le courroux,
Et, jeune infortunée,
Je répète à genoux :
    Pour, etc.

En reprenant leur gaîne,
Chacun des moissonneurs
Avait beaucoup de peine
A retenir ses pleurs.
Et lorsque la javelle
Tombe sous le tranchant,
La plante la plus belle
Demeure sur le champ.
Pour la pauvre glaneuse,
Souffrante et malheureuse,
Laissons quelques épis.   *(bis)*

Pierre et Paul.

Air : *Hélas ! que tu es folle.*

PIERRE.

Hélas ! mon pauvre frère,
Pourquoi tant remuer
Une pénible terre
Qui fait toujours suer ?
Cette lourde charrue
Vous écrase et vous tue
Sans combler vos besoins.
Ah ! venez à la ville,
On est bien plus tranquille,
On y travaille moins.   *(bis)*

PAUL.

Mais que faire à la ville
Sans éducation,
Sans argent, sans asile,
Et sans profession?
Cette pauvre chaumière,
Que je tiens de mon père,
Compose tout mon bien;
Mais en suant j'y gagne,
Pour moi, pour ma compagne,
Le pain quotidien.   *(bis)*

PIERRE.

Pour vous cette masure
A donc des agrémens?
Vous y souffrez l'injure
De tous les élémens.
Et puis la récompense
De tant de patience
Est un pauvre denier;
Au bout de cette friche
Vous n'êtes pas plus riche
Qu'avant de commencer.   *(bis)*

PAUL.

Tu parles comme un livre,
Monsieur le conséquent,
Mais avant de poursuivre
Ton discours éloquent,
Tu voudras bien, j'espère,
Dire ce qu'il faut faire
Pour devenir signor;
Quelle tâche facile
Nous attend à la ville
Avec des lingots d'or?   (bis)

PIERRE.

L'ouvrage y surabonde,
Il est facile et beau;
Quand un patron vous gronde,
On en prend un nouveau.
Toujours à mi-journée
La tâche est terminée,
Puis le reste du jour
On chante, on se promène,
Ou chez la mère Eugène
On va boire à son tour.   (bis)

PAUL.

C'est la belle manière
Dont tu veux travailler?
Oh ! sur cette matière,
Cesse de me railler.
Avec bien du ménage,
Et du cœur à l'ouvrage,
On se sauve en tous lieux ;
Mais la fainéantise,
Que tu prends pour devise,
Rend partout malheureux.   (*bis*)

PIERRE.

Eh bien ! bêchez la terre,
Monseigneur l'avocat ;
Pour moi, je n'ai que faire
D'un métier aussi plat.
La brute qu'on attelle
Suit sa tâche cruelle
Jusqu'à son dernier jour,
Et l'homme lui ressemble,
Quand ils vivent ensemble
De l'étable au labour.   (*bis*)

PAUL.

Fort bien, mon jeune maître ;
J'applaudis de tout cœur.
Je ne voudrais pas être
Prophète de malheur ;
Mais il pourra se faire
Qu'un beau jour la misère
Crible le fainéant ;
Et criblé de la sorte,
Tu tendras à ma porte
La main d'un mendiant.   (*bis*)

Les Pensées.

Air de la romance de Bélisaire.

Vous pour qui je fais ce couplet,
Vous qui toujours restez cruelle,
Parmi les fleurs de ce bosquet
Vous êtes la fleur la plus belle.

Au premier mot d'un si beau choix,
Vos lèvres se sont courroucées ;
Je vais donc occuper ma voix
D'un simple bouquet de pensées.

Quand sous les brûlantes chaleurs
Tombent les fleurs de la prairie,
Quand l'hiver traîne ses rigueurs,
La pensée est toujours fleurie.
J'aime les roses, les lilas,
Et les tulipes nuancées,
Mais je préfère à leurs appas
La plus simple de vos pensées.

Dans le silence de la nuit
Tout ici semble me sourire ;
Tout m'attire et tout me séduit,
Tout me plonge dans le délire.
Devant le charme éblouissant
Des beautés sous mes yeux placées,
Je ne vous demande en passant
Qu'une seule de vos pensées.

Lorsque vous viendrez chaque jour
Arroser vos plantes chéries,
Ou couler dans ce beau séjour
Vos agréables rêveries,
Heureux si vous vous rappelez
Des heures qu'ici j'ai passées,
Et si pour moi vous conservez
Quelques-unes de vos pensées.

ADÈLE.

Air : *Voyez la mer tranquille.*

Le ruisseau, la prairie,
Tout est triste à mes yeux,
Depuis que ma chérie
A fui loin de ces lieux.
Pourquoi, ma tendre Adèle,
Pourquoi, partir sans moi ?
Je n'ai plus, ô cruelle !
Qu'à mourir loin de toi.

En vain, dans la vallée,
Je t'appelle cent fois,
Mon âme, désolée,
N'entend jamais ta voix.
    Pourquoi, etc.

Ses parents qui l'entraînent,
Ignorent notre amour;
Hélas! ils me l'emmènent
Peut-être sans retour.
    Pourquoi, etc.

Un jour pourtant, la belle
Revint dans son hameau,
Mais son amant fidèle
Etait près du tombeau.
Il dit : O mon amie!
Ah! viens, viens dans mes bras :
Tu m'as rendu la vie,
Non, je ne mourrai pas.

LES VENDANGES.

Air : *Je loge au quatrième étage.*

Debout, jeunes gens et fillettes,
C'est le moment de vendanger;
Déjà les bacholles sont prêtes,
Sous les ceps il faut se ranger.
Le ciel est pur, l'air est serein,
Bacchus sourit et nous appelle;
Chaque coteau, chaque ravin,
Vont nous donner des flots de vin.

Bons vignerons, cessez vos plaintes,
Car ce douloureux échalas,
Dont vos mains portaient les empreintes,
Est tout couvert de chasselas.
Venez, venez, avec bonheur,
Cueillir les grappes abondantes,
Car leur bienfaisante liqueur
Est le fruit de votre labeur.

J'entends les jeunes vendangeuses
Chanter de nouvelles chansons;
Leurs voix douces, mélodieuses,
Aux échos servent de leçons.

Le pâtre, quittant son hautbois,
Se recueille, écoute et soupire,
Tandis que le lièvre aux abois,
S'épouvante et fuit dans les bois.

Mais déjà les vases s'emplissent,
Le jus découle des paniers;
Les chars sous le fardeau gémissent,
Le vin coule dans les celliers.
La grande cuve aux larges bords
Se couvre d'une écume rose;
On vient la contempler alors,
Le cœur inondé de transports.

Le soir, dans chaque maisonnette,
Ont lieu des divertissements;
Le souper devient une fête
Qu'invoquent souvent les amants.
Le jeune et sensible Colin,
Assis à côté de sa belle,
S'enivre pendant le festin,
Soupire et demande sa main.

L'AUTOMNE.

Air : *Dieu tout-puissant, exauce ma prière.*

Voyez, là-bas, au coin de la prairie,
La jeune Eglé contemplant le ruisseau.
Tout est rêveur. La belle, recueillie,
Gémit et souffre à ce triste tableau.
Sur ses genoux repose une corbeille,
Qu'elle a grand soin de soustraire aux frimas,
Car l'aquilon murmure à son oreille :
L'hiver, l'hiver arrive en ces climats.

Les grands ormeaux, balançant sur sa tête,
Laissent tomber leurs feuilles par milliers;
L'accent plaintif de la bergeronnette
Semble implorer ses soins hospitaliers.
Et dans les airs, les corneilles, les grues,
En tournoyant sur nos champs sans appas,
Crient de leurs voix farouches et pointues :
L'hiver, l'hiver arrive en ces climats.

Ces bois touffus, dont les calmes ombrages,
Sur les gazons, invitaient à s'asseoir,
Semblent porter de sinistres nuages,
Cachant le ciel sous un grand crêpe noir;
Et les oiseaux, qui chantaient la nature,
Dans des bosquets de roses, de lilas,
Font retentir ce pénible murmure :
L'hiver, l'hiver arrive en ces climats.

Ces fleurs, jadis si riantes, si belles,
Sont agitées par les vents destructeurs;
Chacune tombe, et les tiges nouvelles
Sont dépouillées de leurs fraîches couleurs.
Dans tous ces lieux où régnaient tant de charmes,
Où maintenant tout s'incline au trépas,
Eglé s'écrie en versant quelques larmes :
L'hiver, l'hiver règne dans nos climats.

Une Soirée d'hiver.

Air : *Il pleut, il pleut, bergère.*

La nuit est ténébreuse,
La neige, à gros flocons,
Comme une toile affreuse,
Tombe sur les maisons.
Maman, voyez vous-même,
Je suis au désespoir,
Car le berger que j'aime
Devait venir ce soir.

Par rafales, la bise
Mugit dans les greniers,
Et d'une neige grise
Couvre tous les sentiers.
Pourtant, avant l'orage,
S'il n'était point parti.....
Ou si quelqu'un l'engage
A demeurer chez lui.....

Mais, non ! à sa tendresse
Il ne manque jamais :
Il tiendra sa promesse
Malgré ce temps mauvais.

Grand Dieu! ta providence
Peut seule le sauver,
Et, dans cette espérance,
Pour lui je vais prier.

L'amante, prosternée,
Priait de vive foi,
Lorsqu'une voix aimée
Crie : Annette, ouvre-moi!
D'un bond, elle s'élance,
Elle ouvre avec fracas,
Et le berger s'avance
Blanchi par les frimas.

Mon Dieu! dit la bergère,
Parais-tu vieux déjà?..
Viens, pauvre vieux! j'espère
Qu'on te rajeunira.
Ce bon feu qui pétille
T'attend depuis long-temps,
Cette flamme qui brille
Fondra tes cheveux blancs.

L'amant et sa bergère
Passent près du foyer ;
Le père avec la mère
Près d'eux vont s'appuyer.
Je renonce à décrire
Tous les ravissements,
L'ivresse et le délire
De ces heureux moments.

Le Mendiant.

Air : *Voyez là-haut cette pauvre fenêtre.*

Vous qui vivez dans une honnête aisance,
N'oubliez pas le pauvre mendiant.
Venez en aide à l'affreuse indigence ;
Le moindre don calmera mon tourment.
Vous qui vivez dans une honnête aisance,
N'oubliez pas le pauvre mendiant.
Ah! par pitié, contemplez ma misère,
    Soyez humains et généreux ;
Sous ces haillons, vous voyez votre frère,
    Souffrant et malheureux! (*bis*)

Sur un grabat, dans ma froide chaumière,
Gisent glacés de pauvres innocents.
« J'ai froid ! j'ai faim ! » s'écrient-ils, et leur mère
Tombe accablée à ces cris déchirants.
Sur un grabat, dans ma froide chaumière,
Gisent glacés de pauvres innocents.
Ah ! par pitié, soulagez ma misère !
    Soyez humains et généreux ;
Sous ces haillons, vous voyez votre frère,
    Souffrant et malheureux !

Riches, donnez ! la plus légère aumône,
Que votre main dispense aux malheureux ;
Un jour, au ciel, formera la couronne
Qui brillera sur vos fronts radieux.
Riches, donnez ! la plus légère aumône
Peut faire vivre un pauvre malheureux,
Ah ! par pitié, secourez ma misère !
    Soyez humains et généreux ;
Sous ces haillons, vous voyez votre frère,
    Souffrant et malheureux !

LA TRAHISON.

Air : *O toi, ma compagne fidèle.*

Du rendez-vous l'heure est sonnée,
    Et je n'entends pas
    Le bruit de ses pas.
L'ingrat, m'a donc abandonnée?....
    Terrible penser !
    Je n'en puis douter
    O jour de malheur !
    Le traître m'oublie,
    Quand sa perfidie
    A séduit mon cœur !
    A son faux amour
    J'ai cru sans détour.
O nuit ! cache à toute la terre,
    Cache mes malheurs,
    Mon crime et mes pleurs.
Grand Dieu ! désarme ta colère,
    Prends pitié de moi,
    Et pardonne-moi.

Eh quoi ! sans pitié pour mes larmes,
   Mon cruel amant
   Brise son serment ?
Pour lui, n'ai-je donc plus de charmes ?
   Lui que j'adorais
   Me fuir à jamais !
   Non, non, plus d'espoir !
   Seule et méprisée,
   De tous la risée,
   Ne plus le revoir.....
   Son frivole amour
   Est donc sans retour ?
O nuit ! cache à toute la terre,
   Cache mes malheurs,
   Mon crime et mes pleurs.
Grand Dieu ! désarme ta colère,
   Prends pitié de moi,
   Et pardonne-moi.

   Adieu, beau rêve d'hyménée !
   Rêves de bonheur,
   Si doux à mon cœur !
Adieu, carrière fortunée !
   J'ai pour avenir
   Pleurer et souffrir.
   Adieu donc, beaux jours,
   Espoir et jeunesse,
   Famille et tendresse,
   Adieu pour toujours !
   Hélas ! son amour
   Me perd sans retour.
O nuit ! dis à toute la terre
   Que l'amour trompeur
   Cause mon malheur.
Grand Dieu ! lorsque je serai mère,
   Prends pitié de moi,
   Et pardonne-moi.

LES BEAUX JOURS.

Air : *Gentille Annette.*

L'aube vermeille
Brille à merveille,
L'oiseau s'éveille

Aux bois d'alentour.
Le printemps
Sourit et s'avance,
La douce espérance
Inonde mon cœur.
Tra, la, la, etc.
Tout le village
Vient à l'ombrage
Sous le feuillage,
Chanter les beaux jours.
Le printemps, etc.
La brise pure,
Le doux murmure
De la nature
Règneront toujours.
Le printemps, etc.
Plus de tristesse,
L'heureuse ivresse
De la jeunesse
Remplira nos jours.
Le printemps, etc.
Ma toute belle,
Sois moins cruelle;
Mon cœur fidèle
T'aimera toujours.
Le bonheur
Sourit et s'avance,
La douce espérance
Inonde mon cœur.
Tra, la, la, etc.

Mon vieux Clocher.

Air : *Ce Magistrat irréprochable.*

C'est le clocher de mon village
Qui sonne l'heure des travaux,
Qui nous distrait pendant l'ouvrage,
Qui marque le temps du repos.
Lorsqu'une semaine s'évade,
Je sens mon âme s'épancher
En écoutant la sérénade
Que me donne mon vieux clocher.

Lorsque d'un ciel gros de nuages
S'échappent de noirs tourbillons,
Et que la foudre et les orages
Sont suspendus sur nos sillons,
Alors une main assurée
Après l'airain va s'attacher,
Et la tempête est conjurée
A la voix de mon vieux clocher.

Quand de la robe nuptiale
Sont parés de jeunes amants,
Et qu'à l'église paroissiale
Ils vont proférer leurs serments,
Chaque villageoise s'avance
Pour voir le couple s'approcher,
Car un chant de réjouissance
Retentit dans mon vieux clocher.

Lorsque, dans une nuit obscure,
S'égare un pauvre voyageur,
Et que pas une créature
Ne peut l'entendre en son malheur,
Un son bienveillant lui révèle
Du côté qu'il pourra marcher :
C'est le cri du temps qui l'appelle
Par la voix de mon vieux clocher.

Si l'amour, les arts ou la guerre
Me font errer sous d'autres cieux,
Et que la fortune prospère,
Plus tard, me ramène en ces lieux,
Je rouvrirai cette chaumière,
Où l'hirondelle vient nicher,
Et je finirai ma carrière
A côté de mon vieux clocher.

A L'AMOUR.

Air : *Du partage des richesses.*

O pur amour, céleste flamme,
Précieux don de l'éternel !
Tu pénètres, tu remplis l'âme,
Et divinises le mortel.
Riche trésor, heureux partage
D'un cœur sensible et généreux,
Tendre penchant, reçois l'hommage
De mon désir et de mes vœux.

Par toi, la faible créature
S'élève jusqu'au Créateur,
Et par tes transports, la nature
Chante et célèbre son auteur.
La force, par toi consignée,
S'incline devant les douceurs,
Et la faiblesse résignée
Affronte d'amères douleurs.

Non, une flamme illégitime
Ne mérite pas ton beau nom;
Le mal seul a creusé l'abîme
Du vice et de la trahison.
Ta pure affection réprouve
Tout sentiment licencieux,
Et le noble cœur qui l'éprouve
Par toi n'est que plus vertueux.

Amour, doux charme de la vie,
Prends ton empire sur les cœurs;
Remplace la haine et l'envie
Par tes sentiments enchanteurs.
Eteins la discorde et la guerre,
Calme leurs transports furieux;
Sois notre bonheur sur la terre,
Et notre récompense aux cieux.

Le petit Ménage.

Air *du général Tom-Pouce.*

Enfin, voici le jour
Où mon âme ravie
Va s'inonder d'amour
Auprès de ma chérie.
Laisse-moi m'enivrer
Par un tendre langage
Laisse-moi célébrer
Notre petit ménage.

De ton œil grand et noir
Tu me diras : Je t'aime!
Ma bouche, chaque soir,
Répètera de même;

Je n'aimerai que toi !
Pour toujours je m'engage
A rester sous ta loi
Dans le petit ménage.

Ma voix t'appellera
Toujours avec ivresse ;
L'avenir ne sera
Qu'un long jour de tendresse.
L'amour et la candeur
Seront notre partage ;
Nous ferons un seul cœur
Dans le petit ménage.

Lorsque près d'un berceau
Je te verrai penchée,
Quel ravissant tableau
Pour mon âme épanchée !
Le transport dictera
Ton ravissant langage ;
Le bonheur comblera
Notre petit ménage.

Les transports d'une Mère.

Une barque légère
Balançait doucement,
Et la voix d'une mère
Répétait tendrement :
O mon fils ! ô ma vie !
Mon précieux trésor !....
Que mon âme est ravie !
Que je bénis mon sort !

Combien de douces larmes,
De larmes de bonheur,
Ont coulé sur tes charmes,
Comme sur une fleur !
Oh ! que j'aime à redire,
Avec un tendre émoi,
Combien, dans mon délire,
J'ai fait de vœux pour toi.

J'irai dans le village,
Te portant sur mon cœur ;

Tout le monde au passage
Enviera mon bonheur.
Oui, tous, d'une caresse
Viendront te réjouir,
Et ta mère sans cesse
Bondira de plaisir.

Sur une verte allée,
Lorsque tu grandiras,
Enfant, dans la vallée,
Nous conduirons tes pas,
Tu prendras le courage
Qu'a ton père aujourd'hui,
Et dans notre vieil âge,
Tu seras notre appui.

Bel ange, à ma tendresse,
Oh! déjà tu souris!
Ressens-tu mon ivresse?
As-tu déjà compris?
De ta bouche si pure,
Quoi! tu veux bégayer!
O douce créature!
Pour moi veux-tu prier?

Mon Dieu, mon Dieu, contemple!...
Il semble t'implorer!
Bientôt, dans ton saint temple,
J'irai le présenter.
Faible et pauvre en ses langes,
Il a besoin d'appui;
Il ressemble à tes anges,
Mon Dieu! veille sur lui.

Et toi dont le cœur chante,
Ou pleure avec le mien,
Notre bonheur m'enchante,
Il ne manque de rien.
Cet ange est la couronne
De notre affection;
Le Ciel qui nous le donne,
Bénit notre union.

Louise.

Quel est sur la fougère
Ce groupe si charmant ?
Quelle est cette bergère
Qui chante si gaîment ?
C'est Louise éveillée,
Qui roule son fuseau
Sous la verte feuillée,
Près de son blanc troupeau.

Chaque matin la belle
Se montre dans les champs,
Comme une fleur nouvelle
Qu'anime le printemps.
Son âme pure et blanche
Se pâme de plaisir,
Se complaît et s'épanche
Dans un bel avenir.

Car une voix bien douce
Retentit à son cœur,
Le transporte et le pousse
Comme un tendre vainqueur ;
Mais voilà l'hyménée
Qui paraît au lointain,
Portant la renommée
Dans une blanche main.

Alors tout n'est que roses,
Concerts, suave odeur ;
Alors de toutes choses
S'échappe le bonheur.
Et devant ce beau rêve,
Sous l'épaisseur des bois,
Souvent la fille d'Eve
Fait retentir sa voix.

Chante, bergère, chante,
Profite du moment,
Car ta voix ravissante
Enivre ton amant.
Là-bas, sous le feuillage,
Il guette ton retour,
Pour te voir au passage,
Et te parler d'amour.

MON JARDIN.

Heureux coin dont l'épais feuillage
Est la retraite des zéphirs,
Je viens couler sous ton ombrage
Mes plus doux moments de loisirs.
Les charmes de ta solitude,
Après les fatigues du jour,
D'un chant d'amour sont le prélude
Au cœur du jeune troubadour.

Le parfum des fleurs se condense
Avec les aromes du soir,
Flotte dans l'air et se balance
Comme le feu de l'encensoir.
Et la brise de la vallée,
Comme un joyeux frémissement,
Bruit dans la verte feuillée,
Et la caresse mollement.

Bientôt la nuit répand ses voiles,
Et tout devient méditatif;
Le ciel, de brillantes étoiles,
Se couvre à mon œil attentif.
Aucune plainte, aucun murmure
Ne trouble la paix de ces lieux;
Seule, la voix de la nature
S'élève de la terre aux cieux.

Oh! bien souvent dans le silence,
Cette voix à su me charmer;
Bien souvent, sous son éloquence,
J'ai senti mon cœur s'animer.
Alors je consacrais une heure
A composer quelque couplet;
Puis je regagnais ma demeure
Dans un bonheur pur et complet.

LA SAISON CHÉRIE.

Air : *Enfants, c'est moi qui suis Lisette.*

Voyez ce chaume qui s'élève
Sous les touffes des arbres verts ;
C'est mon espoir, mon trésor et mon rêve,
C'est tout mon bien dans ce vaste univers.
Mes premiers ans, dans ce modeste asile,
Se sont passés en de joyeux instants,
Et ce matin, sous l'ombrage tranquille,
J'ai célébré mon vingtième printemps.   (*bis*).
  Quand je vois dans les champs
  L'aubépine fleurie,
  La rose épanouie
  Sous un ciel de printemps,
  Alors, pauvre Marie,
  Tout ivre de bonheur,
  J'épanouis mon cœur,   (*bis*)
  Comme une jeune fleur,
  A la saison chérie.

O vous qui voyagez sans cesse,
En parcourant mille dangers !
Pour agrandir votre immense richesse,
Vous vous perdez sous des cieux étrangers.
N'avez-vous pas un petit coin de terre
Où, tous les ans, vienne un printemps nouveau ?
Mais, non ! voguez sur la mer en colère ;
Moi, j'aime mieux mon paisible ruisseau.   (*bis*).
  Quand je vois, etc.

Les bois sont couverts de feuillage,
Les fleurs tapissent le gazon,
Le rossignol anime le bocage,
Et tout sourit à l'heureuse saison.
Venez, venez, ô mes tendres compagnes !
Venez, voici le matin d'un beau jour ;
Venez courir dans nos belles campagnes,
Venez chanter le bonheur et l'amour.   (*bis*).
  Quand je vois, etc.

—

Le retour du prisonnier.

Salut, salut, France chérie!
Salut, ô fortuné séjour!
Je te revois, belle patrie,
Salut, ô mon unique amour!
        O mon village!
        O mon rivage!
Salut! me voici de retour.

Ah! je revois ma vieille église,
Son vieux clocher, ses vieilles tours;
Je sens, je respire la brise
Qui parfume les alentours.
        O ma prairie,
        Toujours fleurie!
Salut! me voici de retour.

Au climat brûlant du sauvage,
Captif, je pleurais nuit et jour,
Mais aujourd'hui, plus d'esclavage!
Plus de fers, plus d'affreux séjour!...
        O ma chaumière!
        O ma rivière!
Salut! me voici de retour.

Venez, ô ma sœur et ma mère!
Venez m'embrasser tour à tour,
Et toi, ma compagne si chère,
Viens me témoigner ton amour.
        O mon amie!
        O ma chérie!
Dans tes bras je suis de retour!

RÊVEZ A MOI.

Voyez sur cette couche blanche,
Ses yeux fermés par le sommeil;
Sa belle tête qui se penche
Laisse entrevoir son teint vermeil.

Mais son sein palpite et soulève
Le manteau sur elle étendu;
Elle s'agite; c'est un rêve
Dont le sujet m'est inconnu.

Oh! rêvez à moi, je vous prie,
Rêvez, rêvez à mon amour;
Rêvez à moi, belle Marie,
Car je rêve à vous chaque jour.
Il est si doux, avant l'aurore,
Il est si doux pour un amant,
De voir la beauté qu'on adore
S'occuper de vous en rêvant.

Rêvez, rêvez que je vous aime
Comme mon ange et mon trésor;
Rêvez que vous m'aimez de même,
O ma déesse aux cheveux d'or!
Pour me rendre heureux en ce monde,
Et pour récompenser ma foi,
Je vous en conjure, ô ma blonde!
Rêvez à moi, rêvez à moi!

Mais chut!... Sa voix tremble et murmure
Quelques sons inarticulés;
Écoutons : « Oh quelle figure!
» Quels traits nobles et relevés!
» Toi si bon, si doux et si sage,
» Mon Adrien, viens dans mes bras;
» Ne crains rien, je suis ton partage,
» Je t'aimerai jusqu'au trépas. »

Le Fiancé.

Air : *Enfin mon cœur d'ivresse.*

Un soir vers le rivage,
A travers le feuillage,
Je te vis sous l'ombrage,
Belle comme une fleur.
Sur la rive fleurie,
Tu parus si jolie,
Qu'aussitôt pour la vie
Tu captivas mon cœur.
Viens, ô ma bien-aimée!

Viens dans mes bras, viens sur mon cœur ;
  Demain notre hyménée
  Comblera mon bonheur.
  Tra, la, la, la, la, etc.

   Tu seras, ô ma belle !
Ma compagne fidèle ;
Ta tendresse éternelle
Rendra mon cœur joyeux.
En notre humble chaumière
Tu seras ménagère,
O ma tendre bergère !
Que nous serons heureux !
    Viens, etc.

   Tu seras la déesse,
La reine et la maîtresse
Que j'aimerai sans cesse,
Que j'aimerai partout.
Ta promesse est le gage
D'un bonheur sans nuage.
Tu seras mon partage,
Mon trésor et mon tout.
Viens, ô ma bien-aimée !
Viens m'inonder de tes faveurs,
Car demain l'hyménée
Unira nos deux cœurs.
Tra, la, la, etc.

Clermont, imp. de Hubler et Dubos.

9 782019 193447